はじめに

本書は平成26年より毎年公募されている、
「あいのうた～出会いから子育てまでの短歌コンテスト」の
受賞作品を、まとめて掲載したものです。
全国から寄せられた家族、親子、恋人、さまざまな人の「愛」の言葉の数々。
日々の生活の中で、大変なことがあった時、
愛する人との出会いや別れの時、この短歌集の中に、
心の支えになる短歌が見つかることを願い、一冊の本にまとめました。
の本を手にとり、作品を読まれた方が、
のあいのうたに共感し、それが心の潤いとなれば幸いです。

選者より

歌人

俵 万智

短歌にすることで、心の中にある愛がカタチになります。それは、ずっととっておけますし、その愛に触れた人の心を豊かにしてくれることもあります。さまざまな愛の花束としてのこの歌集の誕生を、一人の歌人としてとても嬉しく感じています。

歌人

田中 章義

誰かが誰かを思って紡いだ作品はわずか三十一文字ながら、大変な生命力をもつことを実感します。太古の樹木に今なお萌出る新芽のようなものから、陽光を浴びて育った果実のような完熟のものまで、ぜひ味わってほしいです。一首一首がきっと、よりよい明日を見出す“幸せの探知機”になってくれるのではないでしょうか。

本書では、短歌のスペースや言葉遣いなど応募時に作者本人が書いた原文をそのまま記載しています。
また、作者の氏名は応募当時のものです。その下に記載の年度は作品の受賞年度です。

育児のはじまり

「まぶしいを食べているの」と夕日食《は》む
二歳の君の命よまぶし

（桑田由季子　2015年度）

父よりも遠く見つめろ肩車　水平線の好きな子になれ

（渡会克男　2014年度）

まちがえし児もすぐ和して 園児らの遊戯は左右に揺れるコスモス

（井田寿一　2014年度）

「かちかち山」「ないたあかおに」「ごんぎつね」
どのページにもあのころの君

（松下陽子　2015年度）

笑い声 キャッキャと響く 高らかに 小さな石さえ 素敵なおもちゃ
（住田泉　2014年度）

岸に寄す さざ波のように幾度も 娘をなでる 我 海になる
（島田敏恵　2014年度）

ふた文字がこんなに胸を打つなんて 子が口にする初めての「ママ」
（足立有希　2014年度）

南国の果実のごとく陽を浴びて 生後十日の子が眠る籠
（種田淑子　2014年度）

地震《なえ》に合いわが幼子にかぶさりて 小さく歌う君を忘れず

（櫟誠　2015年度）

「ショージキ」に話せと言われ幼子は「ソージキ」前に頭下げおり

（河内香苗　2015年度）

手探りで子育てしている本日の Google 検索ワードは「浣腸」

（倉松エリコ　2015年度）

真っ直ぐにゆかなくてよし蔓のごと 捻《ね》じれ捩《ねじ》れて風を嗅ぎとれ

（高橋よしえ　2015年度）

じわじわと初乳しみ出す母われは　赤子を生かす大いなる装置
（竹内通代　2015年度）

川の字になって眠りについたはず　気付けば流れる筏の姿
（中村早織　2015年度）

夜の底一人ぼっちで乳をやる　我を見つめる冬の三日月
（中谷祐子　2015年度）

家系図の如き甘藷を掘り上げる　根よどこまでも長く伸びゆけ
（松下弘美　2015年度）

「ねえ、今日は入道雲でひるねして 虹のかけらをおやつにしよう」

（水野真由美　2015年度）

《4060》君がこちらに来た時の 命の重み忘れえぬ数

（宮代博美　2015年度）

「残業」という言葉を二歳から知る 娘よ明日は早く帰るね

（佐藤麻由　2015年度）

明日こそは叱らずいよう
子が描く「ママ」は笑顔の真ん中にいる

（中山江梨子　2016年度）

焼きたてのクロワッサンの形して　5歳の夏の午後のお昼寝

（宮本明子　2016年度）

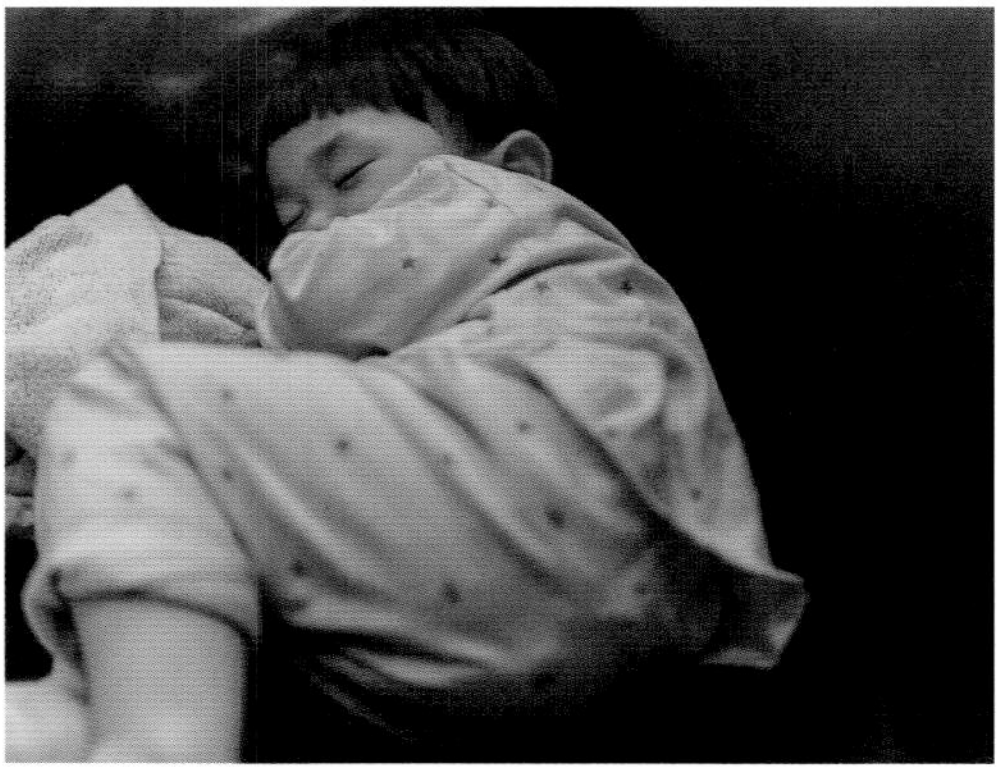

初めての信濃路旅行のわが息子「お山たっぷり！」「お山たっぷり！」

（小出行芳　２０１６年度）

おままごと「ローンあるからがまんして」娘のせりふに苦笑いする

（角森玲子　２０１６年度）

「一番大きな星を取るんだ」肩車の君は夜空に手を差し入れる

（藤林正則　２０１６年度）

ぐりとぐらのカステラ作る日曜は　オレンジ色に秋が深まる

（水野真由美　２０１６年度）

ゆいちゃんが生れて一年 ゆいちゃんのいないない世界を思い出せないない

（山本みさよ　2016年度）

お兄ちゃんになったねすごいねとくすぐれば ママもお姉ちゃんになったねと笑う

（峰岸佐百合　2016年度）

湯上がりの裸の君はつやつやで 剥いた玉ねぎみたいに転がる

（海老原順子　2017年度）

とりになりお魚になりママになる 一度きりだよ五さいの夏は

（長谷川律子　2017年度）

「ママどうぞ」小さな砂のおだんごは 創業二年のやさしいお味

（長尾郁子　2017年度）

忘れてた意味ある言葉を言う前の 泣き声さえも好きだったこと

（増田浩二　2017年度）

こうくんはチョークの線路を走ってく からだまるごと列車になって

（水野真由美　2017年度）

いのちすくつてくれてありがと、テーブルに ノロの癒へたる児の手紙あり

（渡辺美穂子　2017年度）

防災のリュックの中にしのばせる 子等の写真を悩んで選ぶ

（石神美保子　2018年度）

幼子は12㎝の靴履きて　腕の中より羽化して駆け行く
（浦上紀子　2018年度）

蹴伸びする赤子の足裏《あうら》に手を当てて　おしくらまんじゅう明日は立春
（梶田有紀子　2018年度）

強そうな武器の名前が増えてゆく　君の手帳の予防接種欄
（田巻由美子　2018年度）

おさなごのくしゃみしゃっくり初ものの　ぶどうのごとくプチッとはじける
（和井田勢津　2018年度）

雨の日は言葉の散歩にでかけよう
傘、さくらんぼ、帽子、新幹線
（水野真由美　2018年度）

保育園地産地消の泥団子 ワンパク質で骨太になれ

（渡会克男　2018年度）

仕事部屋ちらちら覗きさながらに 小リスのごとし空き腹の吾子

（多治川紀子　2019年度）

田んぼのサギ オンブのバッタ ハゲの人君は「見れたらラッキー！」がいっぱい

（柴田彩　2019年度）

児の頬をうちしその故忘れたり されど古希でも痛む心よ

（上田紀子　2019年度）

腹ばいで ミニカー操る 幼子は 小さき国守る ガリバーのよう
（浦上紀子　2019年度）

あの頃は 大変だったと 振り返る 手のかかる子で 倍楽しめた
（長田雅孝　2019年度）

「ンマッ、 マア！」 不意に言霊宿り来て 「意味」 立ち上がる 我を呼ぶ声
（松下まき　2019年度）

乗り慣れた スポーツカーを 手放して
ベビーカー押し 父となりゆく
（小野史　2019年度）

散歩道　狭き歩幅の子を追いて
知りたる小さな世界の広さ

（坂田由樹　2020年度）

はいずってうぶ毛に汗ばむ後頭部見せつけてくれる生きる力を

（イトウテルミ　2020年度）

泣き止まぬ子の入園に先生は泣き続ける子はいませんと笑う

（堤善宏　2020年度）

「うれしすぎる」「すごーくおいしい」太文字の ことばあふれて背伸びする春
（和井田勢津　2019年度）

人混みに吾子を抱き寄せ見つめたり丸き瞳に上がる花火を
（多治川紀子　2020年度）

初めての子を抱き退院する街の見るものすべてに祈りていたり
（小原恵美　2020年度）

散歩道 アリの行列 落ち葉拾い 我が子と味わう 時速10メートル
（田中務　2020年度）

パスタ茹で 吹きこぼれそうな 湯の如く
二歳の言葉 今あふれ出す

（兼松真弓　２０２０年度）

靴下に残った砂で分かるんだ今日のあなたの冒険ルート

（寺内ゆり子　２０２０年度）

園児とのコント仕立ての日々が過ぐ たまにＣＭ入れてくれぬか

（樽井恭子　２０２０年度）

おーちゃんが ママ大好きと 言う度に 血の繋がりを 超えてゆくのだ

（なかさとみ　２０２０年度）

乳足りた証に舌が「タッ」と鳴る 出来上がってるオヤッサン顔

（萱沼まゆ　２０２０年度）

真っ先に優しさ示す人となれ一優という名前のもとに
（米嶋一優　２０２１年度）

０歳の俺の顔見てもう一杯抱かれる俺は酒のおつまみ
（増田遥斗　２０２１年度）

日曜日ネバーランドの子どもたち湯舟を揺らし海賊になる
（藤田晋一　２０２２年度）

大好きと言えば幼は競うごと「大大大好き」声張り上げる
（阿江美穂　２０２２年度）

みどりごの見るものすべて初めてで
今朝は右手にほほえんでいる

（杉山博代　2021年度）

しゃりん きりん ぷりん ふうりん みんな知り 凜くん笑って3つになった

（忽滑谷三枝子　2021年度）

元気よく一反木綿を量産すオムツの卒業制作として

（林咲季　2022年度）

荒馬のごとき寝ぐせの児のあたま
手のひらで圧すどうどう土曜日

（寺内ゆり子　2021年度）

月、海、苗、繭、古都、ふみ、友、明日に夢まで旅をして決まる名の二字

（岸野由夏里　2021年度）

十年後君の記憶にあらずとも今日十回目のはらぺこあおむし

（林咲季　2021年度）

けいれんの吾子の名前を呼び続け思い出せない救急番号

（福本波津子　2021年度）

立ち上がった君の一歩を忘れない月に降り立つアポロの様に

（新井崇史　2021年度）

春風のごとく駆けてく一輪車 目的地など子らにはいらぬ

（神光輝紀　2022年度）

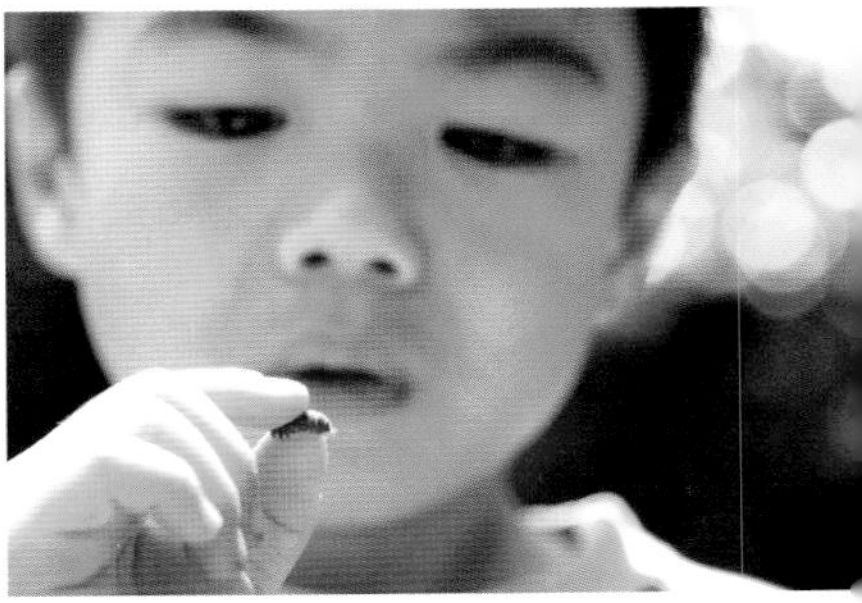

木の実採るダンゴムシ獲るカニを捕る君は小さな狩猟民族

（山口秀夫　2023年度）

君が言う「土星くらいおいしい」が
きっかけで知る 土星のデカさ
（金城沙代　2023年度）

「ふみちゃん」と呼べば「ここよ」と顔をだす小さな月にふりまわされる

（杉山博代　２０２２年度）

添い乳で ねむる桃色 春の風 ただ在ることの 喜びを知る

（松本咲　２０２２年度）

「モサエビだ」夕焼雲見て叫んでる五歳に芽吹くローカル愛よ

（阿江美穂　２０２３年度）

寒いって 温かいねと 息子が言う 寒いからこそ触れ合う温もり

（望の父　２０２２年度）

「だっそう」とおぼえはしゃいでつかまえる児は知るアカハライモリの感触
（忽滑谷三枝子　2022年度）

パパになり初めて知った子育ての不安だらけの眠れない夜
（望月汰一　2022年度）

膝の上小さな命を抱えればつむじから香るやさしいミルク
（前田音和　2022年度）

くノ一も驚くほどの忍び足やっと寝た子を起こすべからず
（前園優子　2023年度）

ソファから はみ出す寝相 小さき指 遊び疲れた ティラノサウルス

（濱岡学　２０２３年度）

ふんわりと道は生まれる幼子がピィと囀る靴で歩めば

（江島ゆう子　２０２３年度）

キンモクセイ満開の日に生まれし子もうじき君の季節がくるね

（目良亮子　２０２３年度）

子どもの成長

「ちゃあちゃん」が「かあちゃん」になり「おかあさん」へ
出世魚のように母になりゆく

（永尾美典　２０１４年度）

断捨離の仕分けに残るおくるみは
遠き陽だまりそっとしまいぬ

（竹内晴江　２０１６年度）

元気でと産まれた君にささやいた 今君が言う元気で居ろよと
（沖たみ子　2014年度）

雪合戦おもしろいねと子がわらう
「好き」がどんどん増えますように
（水野真由美　2014年度）

姉は右、妹左が指定席 パパのお膝はきょうも満席

（興津諦　２０１４年度）

子育ては良いことばかりが全てじゃない 辛い時こそ母になれるの

（鈴木陽美　２０１４年度）

母見上げ ちさき指折り せり なずな 我もあとから すずな すずしろ

（水谷美智子　２０１４年度）

弁当箱 母と息子を行き来して 様子知らせる連絡係

（勝俣美由紀　２０１４年度）

「ふつう」とか「へいきん」だけでは見えて来ぬ あなたの良さをわたしは知ってる

（後藤友紀　2014年度）

嫁ぐ子と泊るホテルの夜の窓 影絵のやうな観覧車見ゆ

（室野英子　2014年度）

こんな良い子ほかにいるかと反論す 親子ゲンカも進化するもの

（朝日浄慧　2015年度）

低い鼻高くなれよとつまむけど それが親子の大事な証《あかし》

（内川麻祐子　2015年度）

人文字のガンバレの字のレの中に　あの子が居るはず炎暑の球場

（梶田有紀子　２０１５年度）

キャッチボール会話じゃできない父子だけど　ミットの響きでお互いを知る

（勝俣美由紀　２０１６年度）

きっちりとメトロノームは時を刻む　少しずれてもいいんだよ、君は

（大江美典　２０１６年度）

「たからもの」今さら言えぬスーツ着た 息子の背中パシンと叩く

（木内美由紀 2015年度）

障害の区分認定用の診断書 なんだかなぁって君抱き寄せる

（小山肇美 2017年度）

ひとりでは叶えられない夢ばかり 夫と子と見る七夕の空
（加古真里　2016年度）

君の立つバッターボックス見てるのが 怖くて空を見上げて祈る
（安保紀子　2017年度）

帰省する我が子想いて老いた手で ヤッコラセっと布団ズレ干す
（鈴木和男　2017年度）

「ママここらへんにいてね」と駆けてゆく 「らへん」の範囲が広がってゆく
（忽滑谷三枝子　2017年度）

バトンミスして泣きじゃくる級友を 笑顔で励ます吾子となりけり

（野村久　2018年度）

帰省児と五人で寝る部屋 ヤリイカの魚群のやうに夜を泳げり

（畠山昭二　2018年度）

めんどくせえ言いつつ歩幅を合わせつつ 買い物袋を持ちつつ息子は

（藤田美香　2018年度）

つなぐ手を大通りに出て子はほどき 離れ行くなり八歳の春

（村岡美知子　2019年度）

捕虫網かまえて君は追いかける　パパの背よりも高く飛ぶもの

（林由実　2017年度）

かけっこの桃色ぼうし追ううちに
青も黄色もみんながんばれ

（小野史　2017年度）

夏日記楽しい日々のみつづられて 六年生は大人の一歩

（山本みさよ　2018年度）

「二十五年世話になった」と言い吾子は

静かに去った アムロちゃんかよ

（木内美由紀　2018年度）

講堂に入り来る娘《こ》らは磨かれし 銀の匙のごと整列したり

（湯一美　2019年度）

今宵また子が巡らせるバリケード 「工事中」の道を迂回す

（山本みさよ　2019年度）

飛行機を目ざとく見つけるその訳は 見上げたそこに母をみている

（岸本麻津美　2019年度）

ねずみ年 生まれた時は 三・九キロ ひとまわりして 三十九キロ

（竹村心護　2019年度）

好きな子の方ばかり向く　我が息子　恋覚えたての若き向日葵

（神光輝紀　2019年度）

子育てはミシンの使い方に似て　まっすぐ進めと手を添えるだけ

（坂東典子　2019年度）

きみたちと こんなに小さいバッグひとつ
ヒールで出掛ける日が くるなんて
（蛯名麻子　2021年度）

さあ今だ 君のオセロに 白を置け 過去の思い出 みな裏返せ
（中村和日子　2019年度）

誕生日の母に電話をかけたらと子に言う友が子にいるらしい
（柴田和彦　2022年度）

蜂の巣をレンコンと言ふ幼子は年が明けたら父親になる
（杉山博代　2020年度）

救急車 パトカーダンプ 消防車 振り返るのは もう私だけ
（佐藤翠　2020年度）

いくつものキミの「できた」の目撃者いちばん近く特等席で
（杉山聖子　2021年度）

5時に出て深夜に帰る子のためにハーゲンダッツを常備しておく
（角森玲子　2021年度）

顔見たくビデオ通話を試しても天井映す中一男子
（吉澤周人　２０２１年度）

ラブソング 弾き語りする十六歳 母の知らない雨の七夕
（柴田恵美　２０２１年度）

練習が中止になった日の夜中パパにヘディングしている娘
（岩中幹夫　２０２２年度）

予定日は静かな丘に菫摘み異国の娘の福音を待つ
（大嶽浩　２０２２年度）

その場所で 君が私を思う時 いつも笑顔の母でありたい

（宮本明子　2022年度）

平均点なんてバットで打ち飛ばせいつでも君は我の満点

（足立有希　2022年度）

さあ本番、むすめの彼氏が来るという「あんたのために育ててきたのさ」

（大嶽浩　2023年度）

片付けであらゆるものを捨てたけど妊婦時代の歌は残した

（新村衣里子　2023年度）

「父さんをたのむ」と言って一人子は北の大地へ転職決める
（木内美由紀　2023年度）

高校で一人称が「俺」になるトイプードルには「僕」と言ってる
（澄田修一　2023年度）

盆帰省「いつものでいい」と言う吾子のために夜な夜な煮込む大根
（塩田きよら　2023年度）

告ったと少しはにかむ中一の男子の夏の打ち上げ花火
（松下弘子　2023年度）

子から親へ

苦手だといつも苺をくれた母 甘くて酸っぱい幸せな嘘

（池﨑可南子　2014年度）

母子手帳開けば弾む母の文字
ぼくが初めて「ママ」と言った日
（山之上雷己　2015年度）

パパとママ気に入ってるよこのなまえ
せかいにひとつ　あきやまもみじ
（秋山紅葉　2014年度）

アルバムを貴重品と話す母一度しかない家族の姿
（望月理央　２０１４年度）

家族から 産まれてくれてありがとう その一言が私の宝
（井澤唯　２０１４年度）

怒られて反抗したり泣いた過去 今ではわかる私のためと
（仲田真帆　２０１４年度）

百七十五センチ分も愛されて 私は愛する側になったのだ
（山本優　２０１４年度）

雨やまぬ心に傘をくれるのは 母の料理と父の優しさ
（上奈津実 2014年度）

寒い中 ドアを開けるとまっている カレーのにおいと母のおかえり
（漆畑かえで 2014年度）

ありがとう あなたにもらったこの気持ち いつかは与える人になりたい
（長島孝志 2014年度）

誕生日 寮生活の兄だけど 家でケーキを作り出す母
（澤井優里 2014年度）

三歳の私が言った好きなもの　今でも出てくるお盆の夕食

（玉寄友紀乃　2015年度）

アルバムの中のまあるい母の字の　泣いた笑った立った歩いた

（信安淳子　2015年度）

台所　母の思いがあふれてる　切る焼く煮るの音がやさしい

（井上友伽里　2015年度）

なに気なくのどが痛いとつぶやけば　まくらのそばにあったのどあめ

（鎌田和磨　2015年度）

顔みれば何でもわかる母親が そおっとココアを持ってきてくれた

（畠山美月　2015年度）

ベランダの母と私のTシャツの ミーとムーミンおしゃべりしてる

（濵口亜香里　2015年度）

見捨てずに育ててくれてありがとう 問題ばかり起こしてる俺を

（大窪一輝　2015年度）

今までは祝ってもらった誕生日 来年からは感謝する日に

（兼森洸樹　2015年度）

十六年俺のアラーム母親が 朝食作るまな板の音

（板井翔矢　2015年度）

「つり出し」の技のようなハグされるけど
私も大好きだよ！お母さん

（瀧北詩月　2015年度）

どの花もひきたてている葉の緑 私の母はそういうタイプ

（小泉純佳　2016年度）

©杉本武斗

アルバムのどこにもいない父さんの フィルム巻く手はよく覚えてます
（中野思穂　2015年度）

両親が読んでくれてた絵本での 「魔女」の声も優しく聞こえた
（服部聖也　2015年度）

「頑張らなくていいよ」と言われ 「頑張ってないもん」と言う…頑張っている
（平井佐和　2015年度）

雨の日はぶどう摘んでく要領で 洗濯かごにほうりこんでる
（小島麻　2016年度）

私より私の帽子が似合う母 あずきアイスのおいしい日だね
（杉本なお 2016年度）

お母さんひざ枕の上覚えてる 温かかった歯ブラシタイム
（松本幸子 2016年度）

母ちゃんの荷からこぼれる魚の香 ちょっと臭くていっぱいうれし
（鴨志田祐一 2016年度）

いたずらな僕の毎日つづられた 育児日記に落書きがある
（宇佐美将翔 2016年度）

忘れ物ないかと聞かれないと返事 いつもの会話をいつもありがとう
（林恭平　2015年度）

「何か食え」封筒にただ一言が 独りではない一人住む家
（伊藤綾夏　2016年度）

オルゴール開ける心地でふたをとる
母と僕とを繋ぐ弁当
（西川大貴　2016年度）

「馬鹿野郎」嬉しいときも怒るときも　口数少ない父の口ぐせ

（大場梨香　2016年度）

離れれば分かる家族の思いやり　掃除機の音カレーのにおい

（黒﨑ののか　2016年度）

母の声コートの私に届いたら　サーブもボレーも決まり始めた

（杉本美空　2016年度）

あついときママの手りょうりおいしいな　ゴーヤチャンプルたくさんたべるよ

（本多桃　2016年度）

ハンカチのやさしいにおいかぐたびに 母の声する「大丈夫だよ」
（古澤知佳　2016年度）

隠してもいつも母にはすぐばれる「あんたの母親18年目」
（堀千尋　2016年度）

塾帰り父の車で会話する 10分だけど素直になれる
（寺田悠莉　2016年度）

母さんと七夕祭りに行くために つないだ手から銀河はできた
（平井洸聖　2016年度）

母さんの「届かないから頼むね」は のっぽの僕とのコミュニケーション

（行徳玲　2016年度）

よわむしと いわないでよね かあさんの かおのみえない まっくらがきらい

（横道玄　2016年度）

母さんの足踏みミシン縁側に 昭和平成カタカタ生きる

（中本亜矢子　2017年度）

カットバンをいつもはってくれるかあさんが けがをしたからぼくのでばんだ

（横道玄　2017年度）

「がんばって」毎朝母が言う言葉 一言だけど一言じゃない

（栗原優奈　2017年度）

肩こりの母の背中に湿布貼る 一日おきのふたりの時間

（土屋摩弥奈　2017年度）

火傷して傷が増えてく肌色は 家族の暮らしを支え続ける

（藤下翔平　2017年度）

バタフライ水面飛び出し息を吸う
その時聞こえた父の「がんばれ」

（立川隆大　2017年度）

雨の日は「むかえに来たよ」と待っている車の中にはタオルがあった

（宮城島一也　2018年度）

熱が出て寝込んだ時の母親の 作ったおかゆが一番うまい

（兵藤葵　２０１７年度）

新幹線単身赴任の父を乗せ 東の空へカーブしてゆく

（中村萌菜子　２０１７年度）

ただいまといえない日々が続いても いってきますは必ず言うよ

（宮城島つぐみ　２０１７年度）

洗濯物気付いた時はタンスの中 その繰り返しで支えられている

（小関修平　２０１７年度）

歩いたらカラカラ氷の音がする　ママの麦茶が一番おいしい
（谷川ゆかり　2017年度）

完熟のトマトのような陽が沈む　ふと思いだす父との収穫祭
（若佐夏未　2017年度）

おっきめのわっぱまわしてゆくさきへ　俺の憧れトラック野郎
（成田詩音　2017年度）

母の日に初めてあげたエコバッグ　まだ使ってるなんて知らなかったよ
（川島廉　2018年度）

冷蔵庫 開くたびに 目に入る 昔描いた 母の似顔絵

（長島大起　２０２０年度）

サッカーでロングシュートをきめたとき
かあさんのこえぼくより大きい

（横道玄　２０１８年度）

「ばかやろう！」本気の叱り遠まわし 父親なりの「頑張れ息子」

（芹澤啓柊　2018年度）

「無理するな」私が言うと母は言う 「あなたのためならいくらでもする」

（細川宙杜　2018年度）

母作る 三人分のお弁当 一人ひとりに おかずを変えて

（篠原華　2018年度）

「もう一本」「足動かして」 母さんの声もコートでボールを受ける

（串木彩華　2018年度）

ズル休み　ママは仮病と知りながら　やさしい味のおじやをつくる

（宇野日向子　2019年度）

弁当を　差し出す母の　手に触れて　ハンドクリーム　買った母の日

（栗田岳　2019年度）

えんじんを組んだぼくらのかけ声は　仕事で来れない母さんにとどけ

（横道玄　2019年度）

おはようと　キッチンで言うお父さん　美味しいご飯　いつもありがと

（織田花凜　2020年度）

「ありがとう」働く父の背に向かい声に出さずにつぶやいてみた
（西井陽萌　2020年度）

風邪ひいて ほてるおでこに のせられた ひんやりとした 父の手の平
（遠藤麻綾　2020年度）

とうちゃんのでっかいかげにかくれながら海までの暑い砂浜あるく
（横道玄　2020年度）

唐突に寄った理由は訊かぬまま父はけんちん汁をふるまう
（伊藤まり　2021年度）

母の声聞いたら泣いてしまうから
半音上げた国際電話

（野田桜子　2021年度）

古文読み初めて知った「仁」の意味名前書くたび積もるやさしさ

（鈴木仁菜　2022年度）

五年前父からもらったシャープペン不安な時に支えてくれる
（丸山颯太　2021年度）

ほんおもちゃかしてあげるよすきなだけでもママだけはかせないごめん
（小川惺也　2021年度）

夕飯後母さんの手に水と粒「おつかれさま」となかなか言えず
（小澤崇史　2021年度）

ありがとう たった五文字が 照れくさく 母は煮物を 私は花を
（井上秀子　2022年度）

頑張れと言わない父は弁当にチョコレートなど忍ばせてくる

（小池ひろみ　2022年度）

風呂掃除代わってくれるテスト前頑張れ言わず家出てく父

（土屋美樹　2022年度）

テストの日弁当開けるとハンバーグ嬉しく思う母からのエール

（佐伯叶絵　2022年度）

ふと見えた母のスマホの壁紙ににこっと笑う幼い私

（加藤菜緒　2022年度）

テストの日 いつも通りの 朝が来て 朝食の横に 温かいココア

（三浦萌花 2022年度）

8月に皆んなで食べるスイカにはスイカ割りする父のおもかげ

（中村鈴奈 2023年度）

愛のうた顔も手足もしわだらけ百四歳の母に捧げる

（中村茂久 2023年度）

虫さされ 父に見せた次の朝 臭くけむたい 部屋で起きる

（樋川智慧臨 2023年度）

何回か変わっても母の財布には僕の作ったお守りが住む
（横道玄　２０２３年度）

３度目の 真実の愛 誓う母 幸せならば それだけでいい
（松﨑由奈　２０２３年度）

忘れない 両親からのメッセージ いつでも胸に「ステイゴールド」
（斎藤虎太郎　２０２３年度）

祖父母と孫

一生は守ってやれない孫たちに
シロツメクサの髪飾り編む

（畠山みな子　2015年度）

「ヘタクソ」とキャッチボールで言われたが
あれはあれでも亡き祖父の愛
（大木俊輔　2014年度）

寝たきりの祖父のベッドにもぐりこみ　ともに笑った最後の思い出
（江嵜凜太郎　2015年度）

「カッコいいパパ」を産んでとねだる孫　リカちゃん人形湯船に浮かべ
（渡会克男　2017年度）

皿洗い真っ赤になった祖母の手を眺めて僕は愛を感じる
（内田翔太　２０１４年度）

おばあちゃん昔と変わらず歩く土手　また教えてね花の名前を
（沼尻珠見　２０１５年度）

盆参り父の合わせる手の中に　祖父の手を見る爪が似ている
（大川井裕貴　２０１５年度）

大きくなったね小さくなった祖母の手に　訳もわからず泣きたくなった
（石嶋紬希　２０１５年度）

祖母がいる畑に行くと
花や実のなり方いつも教えてくれた
（寺澤亜美　2016年度）

「やめてね」ということすべてし尽くして 二歳は手を振り帰っていった
（松村美知子　2019年度）

孫そっと端居の吾の肩を揉む 過ごした日々の付録のごとく

（中村和雄 2016年度）

「ばあちゃん家《ち》行くね」と孫の電話あり「じいちゃん家だ」と言えぬさびしさ

（渡辺廣之 2016年度）

マンションの屋上でする縄跳びに 孫を入れたり富士山入れたり

（畠山みな子 2016年度）

ダブルスのペアの動きと思うほど 台所での母とばあちゃん

（小川裕翔 2016年度）

祖父のひざぴったりだったはずなのに 育ってしまった私のおしり
（田邉桃子　2016年度）

「いもようかんまた作って」と書いておく 祖母と僕とのホワイトボード
（永嶋彪流　2016年度）

祖父と僕弟合わせ三人で 泥にまみれて採ったタケノコ
（望月優人　2016年度）

「だーれだ」目隠しされてもすぐわかる祖父の大きなごつごつした手
（中嶋亜佐陽　2016年度）

段々と 祖母の記憶は 落ちてゆき 残ったものは 花のようだった

（若山健次郎　2019年度）

「女子《じょし》」のよみ「おなご」と答えた小一の息子はじいじと時代劇見る

（勝俣美由紀　2018年度）

認知症「好きな人から忘れてく」嫌いで良いよ覚えていてよ

（前園優子　2020年度）

こちこちの食パン一枚牛乳で ふやかすように祖父の肩もむ

（中尾太一 2018年度）

自分さえ忘れてしまった祖父だけど
思い出はまだ僕が覚えてる

（勝又康介 2017年度）

留守電に元気な頃の祖母の声 機種変更ができないでいる

（木村実紀 2018年度）

「おじいちゃんは死んだらどこへ行っちゃうの」「好きなおまえの胸の中だよ」

（宮野俊洋 2018年度）

手術して 無理して笑う 祖母のため 遠回りして ザクロを買った

（坂上未紗 2019年度）

ねえばあば 昔わたしに 言ったよね 愛は自分を 変えるんだって

（小田卓人 2019年度）

虫籠を首から下げし君がゐて張り切り過ぎし爺ちゃんがゐて
（秋本哲　2020年度）

孫が初めてバイトするレジ係離れたレジの列から覗く
（山本啓　2020年度）

思い出す ぬくもり詰まる 祖父の背を 祖父に似ている マリーゴールド
（下地南瑠　2020年度）

ばあちゃんの めしくいながら じいちゃんと 見る野球は なんかよきかな
（高山匠　2020年度）

祖父の家去り際に言うまた将棋しよう
元気になっての思いを込めて

（山梨圭翔　2021年度）

僕がいつ来たかは忘れる祖母だけど僕が来るのを楽しみに待つ

（大箸賢人　2021年度）

すれ違う幼を見てはスマホではわからぬ孫の背丈を思う

（松村美知子　2021年度）

ごめんねと 言わせる祖母の 遠い耳 ならば上げよう 届くまで声を

（松島里香　２０２０年度）

空襲に祖母が隠れた橋を今渡る自転車通学の孫

（田中邦博　２０２１年度）

スーパーへ祖母の歩みに合わせつつ話をいっぱい聞く春の午後

（吉川凜　２０２１年度）

朝はやも厨に妻の鼻歌が「春よ来い」なり孫の来る日だ

（上田康彦　２０２２年度）

お爺ちゃんいつも畑で農家するうしろ姿は逞しかった
（小松陽斗　2022年度）

片言のデンチャ・ヒコーキ・キューキューチャ覚えた孫がパリへ帰る日
（渡辺廣之　2023年度）

スイカ桃 私の好きな ものばかり 祖母とつなぐ手 振り回しちゃう
（中村この海　2023年度）

しゅっぽあつゆっくりすすむ車いすぼくはばあばのうんてんしさん
（小川惺也　2023年度）

恋心

「愛してる」僕には少しはやすぎて
「好き」が続けば良いなと思う

（鈴木みっち　2014年度）

春風に二人で巻いた一本のマフラーならば飛べる気がする
（小林功　2014年度）

おはようが君と喋った初会話　僕にとっての大きな一歩
（池谷天斗　2014年度）

スマートフォン　君だけ違う着信音　あなたを知らせるその音が好き
（後藤麻希　2014年度）

愛してる愛されている愛してる　愛は必ずどこにでもある
（田口雅貴　2014年度）

あなたから昔貰ったボールペン　つかなくなっても捨てられず

（山岡咲理　2014年度）

伝えよう黙っていてもはじまらない　言葉の一歩は心の一歩

（及川桃香　2015年度）

手つなぐと君はブンブンふりまわす　はずかしいけどそれすげー好き

（北野優太　2015年度）

ぼくたちが男どうしで何が悪い！　ぼくのしんじつ受けとめてくれ

（鈴木淳司　2015年度）

いいじゃんかオレもアイツも男でも　ふたりで咲かせた一輪の花
（木内治輝　2016年度）

鳴く蝉より鳴かぬ蛍が身を焦がす　なにも言えない私は蛍
（佐藤真維　2016年度）

問一が解けたら　君の優しさの単位がなにか教えてほしい
（吉原綾乃　2016年度）

「ここ、おいで。」　隣の芝生を　叩くきみ　わたしはあなたの　春になりたい
（丸山華乃　2016年度）

クラス写真　心の中で トリミング
ぼくのカメラには 君しかいない
（増田悠里　2019年度）

「はつこい」と漢字テストに出てくれば
君の笑顔が切なく浮かぶ
（玉川月詩　2021年度）

シリウスを二人の星と定めいて　共に眺める遠距離の恋

（熊本芳郎　2017年度）

ほんとうは君の名前を聞きたくて　犬の名を聞く朝のはるかぜ

（松下まき　2017年度）

「溶けちゃう」とアイスと戦う君を見る　ああ僕も君の「愛す」になりたい

（三沢花夏　2017年度）

しゃぼん玉くっついては消えまた生まれ　来世もあなたの隣にいたい

（丸山千尋　2018年度）

いつの日も待っててくれる今日もまた 君がいるからテニスが好きだ

（小西彩　2018年度）

学校の帰り道花がさいていた いつも一人の僕のために

（小長井紀孝　2018年度）

涙あふれ友達のままはつらいけど それでも君に出会えて良かった

（鈴木萌花　2018年度）

持久走 君をめがけてゴールイン この初恋もゴールしたいのに

（杉山海優　2018年度）

あの人は 他人にとっては 普通でも 僕にとっては 大切な存在
（菅沼陵希　２０１９年度）

やめてくれ夜空ばかり見てるのは 星があなたに恋をするから
（上ヶ平渚　２０１９年度）

本当の気持ちをあなたに伝えたい ありのままってどんなふうだろう
（石関優樹　２０１９年度）

手を繋ぐ 二人の上を 赤とんぼ このままずっと 離したくない
（松島依緒　２０１９年度）

初デート 君の片手に 林檎飴 浴衣姿が 花火の様だ

（川名和輝　２０２２年度）

席がえでとなりの君を見た途端ベートーベンの曲鳴り響く

（岩本麻央　２０２０年度）

キーボードの 予測変換 あを打てば 必ず君が いる温かさ

（佐久間光月　２０２０年度）

平安の時代に君と生きたなら私は何首贈っただろう

（水谷孝美　２０２０年度）

「おれらには、言葉はいらん。」あなたのね その声下手な字 好きなんだけど

（村松淑美　２０２０年度）

卒業式 新たな道へ 進む君 一つのボタンと 私をおいて

（福島亜実　２０２０年度）

友達と 遊びまわった あの公園 いまでは君との 待ち合わせ場所

（山下航太　２０２０年度）

コーヒーに 砂糖半分 ミルク二個 君の好みが 僕の好みに

（栗田峻輔　２０２０年度）

帰り道君がとなりにいるだけで 心と空が色づいていく
（水野愛梨　２０２０年度）

まだ来ない白馬にのった王子様きっと道が混んでいるだけ
（村木彩月　２０２２年度）

誕生日母にねだったいいカメラ最初はきみを撮ろうと決めた
（守屋希那　２０２２年度）

この気持ち 友達なのか 恋なのか わからないけど 目で追っている
（竹下実咲　２０２３年度）

階段で きみを見つけて 早歩き きみとの恋に ブレーキはない
（酒井花果　２０２３年度）

似合ってる 君が言った 一言が ぼくの心の小さなエンジン
（山本薪　２０２３年度）

恋心 クラゲのように ただよって きっかけ探す 満月の夜
（川添里緒　２０２３年度）

大切な誰か

「乗ってくか」免許をとった兄の声
隣から見る兄は大きい
（石山和奏　2020年度）

おとなしい兄のケンカの原因は　悪く言われた弟のため

（野井さくら　2017年度）

教え子に結婚式の父役を　頼まれし日の酒のうまさよ

（八木信男　2018年度）

「ここどうぞ」電車の中で勇気出す　元気な子ども産んでください

（牧田晃　2018年度）

プロポーズした砂浜を 子供らと 距離あけ歩く 恋人気分で
（大平敦　2014年度）

真ん中の小さな両手でつないでる 私の右手あなたの左手
（宮本明子　2014年度）

征く夫《つま》にひとめ見せたく児を負いて 静岡駅の闇に佇ちいし
（塩谷千鶴子　2014年度）

おかえりと迎えてくれる家がある あたりまえじゃない日々の幸せ
（長谷川紫穂　2014年度）

ひまわりのたねをもぐもぐ食べるきみ　いつまでもみる　好きだと気づく
（橋本美紅　2014年度）

「がんばってるね」「る」が入るだけで心地好く　まあるく優しいエールに変わる
（勝俣美由紀　2015年度）

ダイエットなんてやめてよ　父さんがアンパンマンじゃなくなるじゃない
（松下幸子　2016年度）

会うたびに「大きくなった」　ありがとう小さい私を覚えててくれて
（二見槙　2016年度）

われ初子夫は日出夫で初日の出 同級生から半世紀経ぬ
（永井初子　２０１６年度）

明日は来ると思っていた今日の僕 地震は全てを飲みこんでいく
（清水龍也　２０１６年度）

誕生日何がしたいと聞かれると 一緒にいたいと答えた娘
（山崎杏奈　２０１６年度）

老夫婦マイク手にして呼びかける「なくそう核兵器」炎暑の歩道
（上田康彦　２０１７年度）

「母さんを頼むぞ」と言ふ父のいて「パパをお願ひ」と言ふ母がいる
（小田虎賢　2017年度）

初めてのおつかひに行く吾子の後 刑事のごとく妻は歩きぬ
（野村久　2017年度）

ゴギョウとは「母子草」だと教わって 何だか好きになっていた春
（中本清香　2017年度）

よく動く元気いっぱい弟の 遊ぶ姿はスーパーボール

（小池妃那里　2017年度）

咲いた花美しいなら土もまた 美しいはず人も同じだ

（中田亮太　2017年度）

大丈夫キミは太陽なんだから いるだけでいい在るだけでいい

（高田愛弓　2017年度）

私の木父は根の役母は幹 私は葉っぱ妹は花

（横山萌香　2017年度）

子どもまだ？どこに向かった問いなのか 生まぬわたしか生めぬこの世か

（鈴木立子 2018年度）

トライした小さな兄の大きな背 すなぼこり舞う仲間の元へ

（石ヶ谷直樹 2018年度）

「落ちついて自分信じてやってみろ」 今でもよぎる先輩の声

（羽田祐人 2018年度）

「これやる」とぶっきらぼうに兄が言う アイスがしみた中3の冬

（森川雅美 2018年度）

追いかけて追い抜く目標いつの間にか 隣にいたい新たな目標

（守崎さくら　2018年度）

一さじのゼリー含みしわが夫の 喉元うごき米寿を祝ふ

（野上小牧　2018年度）

おきなわですいぞくかんへいきました ぶらっくまんたすごくでかいよ

（寺田健琉　2018年度）

「おばあちゃんが してくれたように 育児する」 姪の言葉に 生きている母

（大槻さゆり　2019年度）

あかちゃん できなかったねと いつどんな にけんかしたかを だれもわからない

（菅弥生　2019年度）

二人して始めた暮らし振り返り また二人から始める暮らし

（小林紀行　2019年度）

父おらず兄はいつもきびしいが
弟思いの良い父親だ

（望月大智　2021年度）

手料理に喜ぶ父に言えないな彼氏に作る練習なんて

（野井さくら　2020年度）

青の上 静かな水面を 走る船 オールが入る 瞬間が好き

（中山彩花　2019年度）

団体戦 うしろにいるのは仲間たち みんなのために 一本とろう

（川上未唯 2019年度）

横向くと いつも前歯が 光ってる 毎日笑顔を くれる友達

（片岡亜弥 2019年度）

電気基礎 日が暮れるまで 向き合った 僕を育てる 宝の教科

（村田竜嶺 2019年度）

アルバムの ページをめくり 思いだす 妹とつなぐ 洋服のバトン

（原弥桜 2019年度）

不登校久々に行き会う友人 以前のように話せてうれしかった

（石川真太郎　２０１９年度）

負けそうでろうそくになって溶けたくてそれでも私は私でいよう

（林莉奈子　２０２０年度）

三年生 だめなぼくを かえたのは 三年同じ 大きい先生

（田中優志　２０２０年度）

買いたてのルンバを夫が褒めている
私も掃除してたんだけど
（川口千滉　2021年度）

カンパニュラ 花言葉は「ありがとう」
身近な人ほど 渡せない花
（鹿間くるみ　2019年度）

無くなった修学旅行を肴とし 酒を飲もうな クラスメイトよ

（神光輝紀 2020年度）

三年間 ずっと使った シャーペンは 壊れた今は 僕のキーホルダー

（増田泰杜 2020年度）

愛犬の歯形ののこる鉛筆が三十年間引き出しにある

（北条暦 2021年度）

別れとは 心の骨折 痛みさえ 治れば強く 太い骨とす
（岩﨑創大　２０２０年度）

思い出は 心の奥の 引き出しに しまっておきたく なくなるものだ
（水野雅仁　２０２０年度）

手の甲に「母の日」と書きし少年が買っていった二匹のグッピー
（神光輝紀　２０２１年度）

彼の国で同性婚を決心す母国去るとも添ひとげなむと
（相澤貴之　２０２１年度）

疲れはて木くずの匂い纏う兄頑張るその腕日焼けで黒く
（矢部聖生　2021年度）

握手する反対の手に握る銃皆が捨てねば平和と言えず
（吉田陸　2021年度）

暗くしてかすかに見える笑い顔みんなで歌うバースデーソング
（杉田秋香　2021年度）

うつむいてスマホを見てただからかな空の青さを忘れていたよ
（原千智　2021年度）

表彰台の後ろ姿を連写する「観戦エリア」の芝生の父よ
（石井ちかえ　２０２１年度）

「帰るよ」とたった三文字メールして家では姉がお風呂を沸かす
（佐藤宏太　２０２１年度）

スーパーのエリンギ三つ寄り添ってもうすぐ産まれてくる子を想う
（木村佳慧　２０２２年度）

「もうダメだ」落ち込んでいる君は焼肉が救う僕は知っている
（坂田有　２０２２年度）

©岡田喜也

お散歩は園児の歩幅に合せつつ　この手に包む　ぷよぷよの指

（茅根麻央　2019年度）

クローバー 君と探した あの時間
見つかんなくても 最高の思い出
（鈴木香春　２０２３年度）

病院の 外でパパが祈ってた駐車場は ドラマティックだ
（坂本佳菜子　２０２２年度）

「幸せね」小さな君の口癖は きっと素敵な母の口癖
（富坂聡子　２０１６年度）

地球歴三週間の従兄弟にもうんち踏ん張る力のありぬ

（渡邉美愛　2021年度）

先輩の引退式後に空いた席見える景色のちがいにおどろく

（鈴木康陽　2022年度）

合唱部周子《ちかこ》先生感謝するいないと困る周子先生

（密岡楓香　2022年度）

ありがとういつも一緒に歩いてたはじめて買ったスクールバッグ

（佐藤椿紗　2022年度）

にいにと　ぼくのうしろをついてくる　かくれるとなく　かわいすぎるよ
（小川悍也　２０２２年度）

秋の空　結婚式の　先生は　僕の知らない　優しい笑顔
（中島天翔　２０２２年度）

五年前　弟が描いた　家族の絵　今もリビングに　飾られている
（小林喜一　２０２２年度）

目盛みて　フライス盤で　鉄削る　感覚で出す　千分の一
（青島浩太　２０２２年度）

歌う君の 後ろで僕が ギター弾く そんな感じで 暮らしてみないか
（川下年男　２０２３年度）

１人分のコーヒー豆は少なくて 単身赴任５日目の朝
（宮本明子　２０２３年度）

「妊娠の予定はあるか？」と面接の声リフレイン帰路の薄雪
（塩田陽子　２０２３年度）

万能のやる気スイッチ手の平にあなたが描いてくれる花丸
（足立有希　２０２３年度）

＊！¥☆＄まんま食べるの と母が聞く ぼくも取れるか 喃語検定
（戸井口卓磨 2023年度）

食パンを くわえた少女と ぶつかって そんな場面に 僕も会いたい
（平田高成 2023年度）

そのこえは 毎日ききたく なるような こころやすらぐ あたたかいこえ
（栗田頼矢 2023年度）

変わらない 僕の家の 温かさ 愛の暖房 かかってるんだ
（大貫佑真 2023年度）

ありがとう 昨年が最後の自家製茶 忘れられない 甘みと苦み
（小林優真 2023年度）

志望校 探す僕の 横にいる 友達こそが 探していたもの
（渡邊康平 2023年度）

お姉ちゃん 成人式の 前撮りの 着物姿が ばか可愛いな
（川口藤子 2023年度）

お出迎え つかれた僕を 玄関で 片待つ君は セントポーリア
（天野颯太 2023年度）

亡き人を想う心

なぁ親父 墓石に水かけ汗ぬぐう
今日は猛暑だ 水分とれよ
（牛濱慶介　2018年度）

おいなりさん大輪の菊かりんとう
俺の親父が好きだったもの
（市川晴雪　2016年度）

しょうぎ盤にうすくほこりがたまってた
じいちゃんの一周忌の朝に
（横道玄　２０２２年度）

誕生日というものなき君の名を 今も時折考えている
（関根真希　２０１６年度）

亡き父のあざが娘の太ももに 命のリレーつないでいるよ

（山本良子　2014年度）

汚れてる将棋盤は祖父の物 もうできないけど大切なかたみ

（望月敦司　2015年度）

問うたびに今が一番幸せと 答えた母が百才で逝く

（鈴木賢治　2016年度）

仏壇のおばあちゃんにも見せるため 開き向き変え通信簿置く

（村松沙紀　2016年度）

向日葵の波に逆らい祖父は逝く 語り継がれる古びた赤紙

（出崎公大 2017年度）

シベリアの捕虜なる祖父の「アンズルナ」 祖母の遺品の文箱に眠る

（松下まき 2018年度）

ひいばあちゃんくもになったときいたから おそらをみるよはれでもあめでも

（大江悠亜 2018年度）

手を合わせ 耳を澄ませば 日暮らしの 声に混じりて なつかしき声

（岡村歩璃 2019年度）

残して行く台の上にあるじいちゃんのほねが気になりふりむいてみた
（横道玄　2021年度）

製図する肩にぬくもり手元には亡き祖父遺品雲形定規
（竹内悠菜　2021年度）

ばあちゃんに見せたかったな大学生遺影に告げたい合格したぜ
（櫟原啓杜　2021年度）

ばあちゃんに 見てほしかった 合格証書 棺桶に入れた 最後の約束
（海野要　2023年度）

「富士山の見守る子育て　幸せの命をつなぐ尊き仕事」

「あいのうた」は、子育て気運の醸成を図る福祉と、短歌という文学が融合した静岡県独自の文化であります。

日本が誇る富士山が世界文化遺産登録十周年を迎えた本年、静岡県は「東アジア文化都市」に選定され、「あいのうた」は十年目を迎えました。

これまで、「あいのうた」では、家族や友人など、周りの人を大切にする気持ちを短歌で詠み、家族の愛情や子育ての尊さを共有することを続け、静岡県内をはじめ、全国から三万四千以上もの短歌コンテストへの応募を受け、その中から多くの優秀作品を発表してまいりました。

十年が重なる喜ばしい年の節目として、静岡県発の子育て文化を全国に発信するため、選りすぐりの作品をこの一冊にまとめております。

こどもは、社会に希望と活力をもたらす地域の宝であり、この大切な宝を育てる子育ては、命をつなぎ幸せの愛を育む尊い仕事です。ここに詠まれた多くの「あいのうた」を通して、社会全体でこどもを大切にし、子育ての尊さを共有する気運が高まることを願っております。

結びに、当初より選考にあたられた俵万智先生、田中章義先生に、改めて心より厚くお礼申し上げます。

令和五年十一月

静岡県知事　川勝　平太

[選　者] 俵万智・田中章義

[　絵　] 松尾ミユキ
[編　集] 山下有子
[デザイン] 山本弥生
[企　画] 静岡県健康福祉部　こども未来局　こども未来課
[写真協力] 常葉大学

俵万智　田中章義・選　あいのうた短歌集

2023年12月 4日　第1刷発行

発行人　山下有子

発　行　有限会社マイルスタッフ
〒420-0865 静岡県静岡市葵区東草深町22-5 2F
TEL:054-248-4202

発　売　株式会社インプレス
〒101-0051 東京都千代田区神田神保町一丁目105番地

印刷・製本　株式会社シナノパブリッシングプレス

乱丁本・落丁本などの問い合わせ先
FAX:03-6837-5023　service@impress.co.jp
※古書店で購入されたものについてはお取り替えできません。

 ISBN978-4-295-40909-0　C0092